Peter Reutterer

Um das Leben gespielt

Arovell Verlag Wien Gosau 2018

Peter Reutterer
Um das Leben gespielt
ISBN 978-3-903189-13-3
Arovell Verlag Wien Gosau 2018
office@arovell.at
www.arovell.at

Coverbild: Béatrice Wanner

Die Bücher des Arovell Verlags werden aus Mitteln des
Bundeskanzleramtes Österreich, der Landeskulturämter und
Gemeinden gefördert.

Ewige Dichtung

Wer führe nach Calw
hätte da nicht 1877 Hermann Hesse
das Licht der Welt erblickt

und wie nebensächlich wäre
das Tübinger Stift
befände es sich nicht
neben dem Turm
des umnachteten Hölderlin

und wie ewige Dichtung klingt es
wenn die Namen des fürsorglichen
Ernst Zimmer und seiner Tochter Lotte
noch heute mit Dankbarkeit
über den Neckar hin
ausgesprochen werden.

IN DER NÄHE GESPIELT

Ziehen Sie mir bitte die Hose aus

Die Arztassistentin teilt mir mit
ich müsse ihr nun die Hose ausziehen
was mich durchaus
in Verlegenheit bringt
da ich weder ihr noch
mir selbst für sie
angesichts ihres blutjungen Alters
die Hose ausziehen will

wobei ich nachdem ich mich
für das Letztere entschieden habe
sogleich angewiesen werde
während der MRI-Untersuchung
müsse ich nun
ihr das Knie ruhig halten
wobei ich mich ebenso wie vorhin
dafür entscheide
nicht an das blutjunge Frauenknie zu fassen

als sie mich schließlich anweist
ihr im Wartesaal noch zu warten
bin ich schließlich doch enttäuscht
dass sie mir lediglich
den Befund zusteckt
anstatt mit mir
auf einen Kaffee zu gehen.

Das Prohaska Phänomen

Das ist der Torriecher
der in ihn drin ist
und das kannst du
nicht irgendeinen lernen
die Verteidigung kann
ihm nicht stoppen
und nicht einmal Buffon
hat gegen ihm eine Chance

schade nur dass du ihm
nicht für unsere Nationalmannschaft
aufstellen kannst.

Am Fluss

Während grün gesättigt
der Strom mit großer Selbstverständlichkeit
vorwärts und in die Weite rollt

sammeln Menschenpaare Schwemmholz
tragen sie in großen Beuteln in ihr Obdach
und schwärmen nach weiterem Ertrag aus

Tauben schreien unter den Verstrebungen
der Autobahnbrücke im Verkehrsgetöse
lauthals auf

wie Schnee fallen die Weidensamen
am Ufer des Stromes ins Grün
und Braun.

E-Bike im Kreuzfeuer

Herr Santner aus Sankt Johann
findet das E-Bike super
allerdings sind die alten Leute das Problem
erklärt er
weil sie auch bergab
auf einer Schotterstraße
die Vorderbremse benützen
und da ist schon das Problem

Frau Oberhuber aus Lend
lehnt das E-Bike grundsätzlich ab
ich fahre jeden Tag 50 bis 60 Kilometer
aber mit einem richtigen Rad erklärt sie
und wenn´s nicht mehr geht
geht´s nicht mehr
und dann brauche ich
auch kein E-Bike mehr
dann ist´s halt vorbei

jedenfalls geht die Tendenz
steil nach oben
erklärt Fachmann Hochfellner
ein Pulszähler kann bereits
das Tempo regeln
und bald wird es auch
fahrerlose E-Bikes geben.

Einklang

Ja ja sagen die Leut vom Land
wenn wir Bier kaufen fahren
ja dann fahren wir Bier kaufen
so ist das sagen die Leut

und wenn Weihnachten ist
ist Weihnachten und Holzkrippe
und zu Ostern ist das Osterei
ja ja so ist das nun einmal
erklären dir die Alten

und jeder hat sei Freid dabei
betont ein Eingesessener
i hau mi gern auf die Ofenbank
und mei Weibi klappert gern
mit de Kochtepf
ja so ist das versichert er

und so soll das bleiben
ja ja.

Anderes gedacht

Ich dachte
den Menschen leicht zu sein
ohne die Last meines Vaters
und seiner irrwitzigen Moral

und ohne die Schwere
meiner lieben Mutter
aus ihrer Schicksalshaftigkeit

ich dachte
den Menschen leicht zu sein

nun nach Jahrzehnten
schmerzen meine Beine
von der unermüdlichen
Leichtfüßigkeit.

Anfang November

Noch einmal
Wärme an den Wangen

als wäre Spätsommer

während die Skipper
auf dem See
die Segel einholen
noch einmal

und viele sich
damit begnügen
beglückt auf den See
hinauszuschauen.

Begegnungen

Volksmusik führt zu Begegnungen
lese ich im Artikel
über das Amselsingen in Bischofshofen

was nicht nur die Volksliedsänger meint
wie die Höllbergmusi aus Eben
oder die Tiroler Wirtshausmusi
oder auch die Fuchsbartlbanda
aus der Steiermark

die in edlem Wettstreit
um die silberne Amsel
sich die Kehlen
heißjodeln

nein auch die Königinnen der Singvögel
zetern selbst um die Wette
wenn sie sich gefunden haben
was als dackdrri giggi
duck duck erklingt

wonach bald schon
ein Jodler in Bischofshofen komponiert
und dackdrri giggi
duck duck betitelt werden soll

in einem weiteren progressiven Schritt
soll nicht nur die Jugendamsel
als Zusatzpreis für die Jungjodler vergeben werden

sondern auch eine Amselamsel
an mitstreitende Amseln
und das altersübergreifend.

Die Krone der Expertise

Wegen profunden Tiefgangs
gibt Herbert Prohaska
nun auch in der Sonntagkrone
Expertisen zu den Galaspielen

so weiß er über Real Madrid
dass außer Ronaldo noch etwas
zum Sieg beigetragen habe

Real habe in der zweiten Halbzeit
einen Gang hinaufgeschaltet
während Juventus
einen zurückgeschaltet habe

woraufhin der Kroneleser
dankbar die Zeitung schließt

als habe er den Pfingstsegen erhalten.

Fußball der Herzdamen

David Alaba wünscht den Mädels
dass sie die Spanierinnen reinhauen
Sebastian Prödl wünscht nicht
nur seiner Cousine Schnaderbeck
sondern auch den anderen Legionärinnen
sie mögen weiterhin die Massen begeistern
und die Herzen gewinnen

der sonst besonnene Bundeskanzler Kern
freut sich darüber dass die Frauen
die Isländer reingehauen
und somit Rache für die Niederlage
der Männer genommen haben

Frauenministerin Rendi-Wagner dagegen
sieht einen Erfolg für die Gleichberechtigung
weil der Rasen für alle der gleiche sei.

Gediegenes Begräbnis

Als der Jäger verstorben war
bestand seine Tochter darauf
man möge bei der Bestattung vor seinem Sarg
das triumphale Bild
mit dem erlegten Auerhahn aufstellen

sie bedachte dabei nicht
man könnte dieses Arrangement
auch als gelungene Rache
des Auerhahns deuten.

Glück statt ärgern

In der Neuen Mittelschule Loosdorf
haben sich Kinder nicht nur
im Hauptfach Glück unterrichten lassen
sie haben ebenso ihre immensen Spenden
im Rahmen von Ö3 Weihnachtswunder
publik gemacht

vom Erfolg des auch im Hauptabendprogramm
dokumentierten Projektes angeturnt
haben sie wie der 13jährige Hansi berichtet
bereits ein neues Projekt für das kommende Jahr

der fröhlich Pubertierende berichtet begeistert
zusammen mit der ganzen Klasse
werde er zu alten Menschen gehen
die keinen haben und mit ihnen

Mensch ärgere dich nicht spielen.

Notfall Standards

Warum meine Frau
dem Sanitäter kreuzweise
die Hände drücken muss
wird uns nicht verraten

während seine beiden Helfer
darüber diskutieren
wer den Tragestuhl
aus dem Auto holen soll

und keiner wahrnimmt
dass meine Frau
kurz vor dem
Zusammenbruch steht

aber auch kurz zuvor
hat man im Unfallkrankenhaus
sich geweigert eine Gallenentzündung
in Erwägung zu ziehen

weil man lediglich
für Unfälle zuständig sei
und man hat so lediglich ein Schmerzmittel
gegen eine mögliche
Rippenprellung verabreicht

alles programmgemäß.

Gehörtsich

Natürlich schäme ich mich
weil ich vor den Pissoirschüsseln
keinen Hosenlatz herunterkippen kann
um wie die echten Edelweißer
auf die einzig zulässige Art
ein mehr oder weniger mächtiges
Lustgestänge auszupacken

wobei ich natürlich froh bin
nicht schon am Einlass
wegen meiner wegen des Frostes
mit einer Stoffhose bekleideten Knie
gerügt worden zu sein

ordentlich bemühe ich mich im Ballsaal
meine Brust unter den grünen
Trachtenwams zu recken
und vermeide weitere
beschämende Toilettengänge

was alles in allem aber nur ein kläglicher Versuch bleibt
über die Unzulänglichkeit meiner nicht
lederhosenbedeckten Oberschenkel hinwegzutäuschen
und keineswegs den Dammstrahl
der echten Edelweißer besänftigt.

Sommersee

Die Wolken über dem Dachstein
werden an diesem Sonntag
noch nicht schlagend

vom Ausflugsschiff her hallen
Schilderungen bis in den späten Abend
wie hinten auf der Seewiese
die Verfolgungsjagd für den
letzten James Bond Film
abgedreht worden sei

auf den Liegewiesen rundum
werden die Badegäste nicht müde
den Seespiegel abzulichten
in dem Tressenstein und
Trisselwand aufleuchten

verstreut schlendern Sommermenschen
auf nackten Sohlen wortlos
wegen der Ausblicke
die sie auf Seelenwände
oder Speicherkarten
fixieren

um die schöne Lesestille
über dem weichen Waldboden
nicht zu brechen.

Zur Feier des Frühlings

Man könnte Frühling feiern

wenn die ersten Chinesinnen
nach freien Korbsesseln
an den Tischen des Bazars
Ausschau halten

und ein junger Anwohner
seine Freundin mit hoher Brust
am strömenden Fluss
dahinführt

und Freunde
unter einem milden Himmel
ins Gespräch erwachen

ein wirkliches Optimum
in Abgrenzung
zu den rennenden und fortwährend
schwätzenden Maximierern.

Mariahilf

In der Mariahilfer Straße
tritt ein Mann an mich heran
und deutet mit den Händen
zum Mund
natürlich verstehe ich
Hunger
und schenke aus Ermangelung
eines Fünfers kleine Münzen

wofür ich mich bald schäme
als ich am Eingang zur Stiftskirche
über einen schlafenden Bettler steige
und bevor ich in den Kirchenbänken
die zunächst in ihrem unauffälligen Braun
übersehene Obdachlose aufschrecke

zurück im Geschäftslicht
hetzen getriebene Menschen
an den Sakralbauten vorbei
in die Erledigung ihrer Geschäfte
verbissen.

Scheitern

Ich würde Gabalier
gerne verspotten

wenn er aus dem Organ oberhalb
seiner kräftigen Oberarme verkündet

70.000 im Olympiastadion zu begeistern
wäre mehr als nur Musik
eine Lebenseinstellung nämlich
denn alle wären in Tracht da gewesen

allerdings nicht alle in Bergschuhen wie er
und Österreich würde ihm niemals zu klein
auch wenn er die Töchter aus der Bundeshymne verbannt

aber mir fällt zu Gabalier nichts ein

schon gar nicht weiß ich
welche Lebenseinstellung
über Musik hinausreicht.

Flexibel und weltoffen

Frau Anna Hutziger
berichtet begeistert
von neuen Erkenntnissen
in der Model-Branche

man habe entdeckt
dass man mit 25jährigen
keine Kosmetik für 60jährige
verkaufen kann

so habe man eine 50plus-Agentur gestartet
wobei nur sportliche und flexible
Best-Ager in Frage kommen

was aber keine Altersfrage sei

wobei Frau Hutzinger nicht verrät
wofür das very best Ager-Model
mit unglaublichen 86
Werbung betreibt

und ich beglückt bin
keine Modelkarriere mit 60plus anzustreben
weil dabei meine Knie schmerzen
und mein Genuss an der Entschleunigung
völlig unter die Räder käme

anders als der kraftstrotzende Alois
aus dem nachbarlichen Bayern
der durch halb Europa
und ganz Asien tourt

um speckige Lederhosen
mit einem faltigen Gesicht
anzupreisen.

Bildungssystem

Finalisiere die Aufgabe
schreibt die Lehrkraft
als wären Aufgaben
beendbar

außer man gibt eben auf
ganz am Ende
wenn die Welt versinkt

aber selbst bei diesem Finale
ist eine unendliche Dimension
den Ahnungsvollen
spürbar

finalisiert die Aufgabe
schreibt die systemhörige Lehrerin

ein wirkliches Du
im neuen Bildungskosmos
höchstens ein Fake
gegenüber der Eins
Null Entscheidung.

Frommer Wunsch

Anna Kain wurde im 32. Lebensjahr
beim Viehtreiben von einer Kuh
sicher nicht in böser Absicht
in den See gestoßen
und ertrank

zur Erinnerung an sie wurde
eine Gedenktafel errichtet
auf der ihr nicht nur
Ruhe in Frieden gewünscht wird
sondern auch eine fröhliche Auferstehung

leider ist anzunehmen
dass diese fröhliche Auferstehung
infolge der fatalen Kollision mit der Kuh
durchaus mit Grant versetzt war.

Zwischen Trisselwand und Tressenstein

Die braven Wanderer
umrunden den Altausseer See
in Lederhose und Stutzen
nur die seltenen Franzosen
wissen das nicht und
wandern in gelben Turnschuhen

die braven Wirtinnen am See
haben in ihre Tischdecken
grüne Hirsche gestickt
und die serbokroatischen Serviererinnen
ins Dirndl gesteckt
ein Gehörtsich in der grünen Mark

und wenn am Tressenstein
oder an der Trisselwand
nächtens das Büchslein knallt
wissen die Ausseer
dass trotz der hallenden Explosion
keine Bombe eingeschlagen hat

und auch die kapitalstarken Gäste
ahnen nur kapitale Abschüsse
und schlafen leicht erregt wieder ein
um sich nächsten Tages
in berechtigter Erwartung
auf die Wanderung zu machen

und hinten auf der Seewiese
frisches Rehfleisch oder Gamsbeuschel
als brave Wanderer zu goutieren.

Wahrer Urlaubsfrieden

Peter Aschbach aus dem Lungau
arbeitet das ganze Jahr
als Hüttenwirt in den Bergen

hat er dann endlich eine Woche Urlaub
fährt er zum Entspannen
in die Berge

was nur Unverständigen
unverständlich erscheint

Peter Aschbach erklärt nämlich
allein in den Bergen
herrsche der Almfrieden

was weder in Antalya
noch in Paris
nicht einmal in Jesolo
der Fall sei.

Vermutung

Die türkische Invasion müsse man sich so vorstellen
erklärt Herr Doskodil aus Ottakring
dass die türkischen Männer
die Wiener Mädel aufs Kreuz legen
und auf diese Weise invasorisch
neue Moslems produzieren

leider ereigne sich diese Invasion
nicht seitens christlicher Männer gegen Muslima
um der christlichen Bevölkerung
zahlenmäßige Überlegenheit zu bringen
weil nämlich die jungen Türken
ein gewaltiges Trieb-Plus aufzuweisen hätten

das habe man bereits im 16. Jahrhundert gewusst
als der Gesandte Busbequius vermutete
man lasse die Frauen Kopftuch und Mantel tragen
damit die ständig brünstigen Jungmänner
nicht über sie herfielen.

Frühgestimmt

Radio Salzburg bietet
den Mentalisten Manuel Horeth auf
um den Adventmuffeln Heilung anzubieten

man müsse sich lediglich erklärt dieser
an seinen Kinderadvent zurückerinnern
und die gleichen Kekse verspeisen
zudem könne man sich positiv programmieren
indem man neue Rituale praktiziere
also beispielsweise beim Saunagang sich vorsage
heute mache ich mir eine Adventsauna
ebenso beim normalen Afterwork Drinks affirmieren
heute kippe ich mir einen Adventdrink hinter die Birne
natürlich könne man auch Erotisches als Krippensex
umdeuten und so weiter

der Moderator ist zufrieden und
die Hörer von Radio Salzburg ebenso
sie ersticken mit diesen leicht praktizierbaren Tricks
auf den Adventmärkten Ende Oktober
jeden Keim von Ekel und Irrsinnslachen.

My party

Das Objekt der Begierde
erklärt dem Fernsehreporter
sie könne angesoffene Burschen
nicht ausstehen

auch ihrem Verehrer
schreit sie ins Ohr
sie finde angesoffene Burschen
grindig

was dieser anfangs
nicht nur wegen der lauten Musik
zu verstehen
kaum imstande ist

als die Botschaft ankommt
versucht er dem begehrten Mädchen
klarzumachen
das sei normal

außerdem ergänzt er
gegenüber dem Fernsehreporter
versuche er unauffällig
angesoffen zu sein.

Stattlich

Mit leichter Beschämung
komme ich davon
als ich der attraktiven Blondine
eingestehen muss
meine letzte Gastroskopie liege
bereits zwei Jahre zurück

wobei wie befürchtet
die folgende Konversation
auf durchgestandene
Koloskopien einschwenkt
deren letzte in meinem
armseligen Leben bereits
sechs Jahre zurückliegt

keinesfalls wage ich auf meine
vor zwei Tagen
stattgefundene Sonografie
des Halses hinzuweisen

mit solch einer Bagatelluntersuchung
würde ich in dieser noblen Gesellschaft
komplett zum Gespött.

Vielleicht

Einst werde ich
in die ewigen Jagdgründe
der Poesie eingehen

und werde den Spaziergängen
Hermann Hesses wie ein
meditierender Wolf
ad infinitum folgen

und alle drei Tage
wird mir ein Roman Murakamis
vom Himmel fallen
wie seine Fische vom Himmel

vielleicht aber wird es nur
Paradiesfrauen in Teichen geben
wie in einem Roman
aus dem Waldviertel.

Schriftstellersitzung

Wenn Schriftsteller schließlich gut gelaunt sind
was naturgemäß mit dem Erfolg ihrer Texte korreliert
versprühen sie lachend polyvalente Sprüche

sie vermerken
die Realität sei auch ein Nachteil
und nichts werde so heiß gelesen
wie es geschrieben worden sei

zuletzt konstatieren sie
nicht zu wissen was zu trinken sei
da sie nichts mehr trinken dürften.

Dunkle Herbsterde

Schwarzknusprige Knollenrinde
mehliges Fruchtfleisch
wir laufen über das Feld
schneiden Spieße am Rain

Fett tropft ins Feuer
aus einer billigen Wurst
großäugig werden wir
vor der Glut

die Mutter nimmt mich zu sich
in der Ferne gebuchtete Erdäpfelsäcke
die Leute reden gut vom Vater
nur Durst nach Ribiselsaft.

Sommer in Altaussee

Ganz nah rücken
die Berge an den See
Loser Trisselwand Tressenstein
bergen das schöne Wasser
beinahe aneinander geschmiegt
in ihren Schoß

und man meint
ebenso aufgehoben
im dunklen Tintenfass schwimmend
oder am abendlich blauen Seespiegel
sinnierend sich selbst

wenn zudem noch
Tannen Fichten
Kiefer und Lärchen
einen mit ihrem
würzigen Duft
berücken.

Via artis

Natürlich hält man im Kindheitsort
von Barbara Frischmuth und Klaus Maria Brandauer
die schönen Künste ebenso hoch wie die ars salis

von schmucken Schildern geleitet
kann man dem beinahe vergessenen Bestsellerautor
Jakob Wassermann nachgehen
oder den Metaphern des gänzlich vergessenen
Raoul Auernheimer nachspüren

Topevent dieser Kunstbeflissenheit ist
die Augustlesung des berühmten Dichters aus Wien
dem allerdings nur ältere Leute noch lauschen
weil seine Gedankenketten gnadenlos gewiss
im Zug nach Ausschwitz enden

dennoch blicken Grande Dame und Grand Poète
beim Schlussapplaus voll edler Überzeugung
in den Veranstaltungssaal
um sich beim anschließenden Umtrunk
von den namenlosen Adabei-Poeten fernzuhalten

und so ihren letzten Lesern
ein inniges Wort versagen.

Spätnachmittag

Das angesagte Gewitter bleibt aus
lediglich ein leiser Wind
zieht über die Seewiese hinweg
eine in die Jahre gekommene Schönheit
trägt als Letzte der Oben-ohne-Generation
ihre bloße Brust zum Wasser hin
unbewegt halten die Weiden ihre Blätter
und Zweige ins von weißen Wölkchen
durchsetzte Himmelsblau
junge Mädchen legen ihre Hände
auf die Rücken ihrer Jünglinge

bis in die Dämmerung wird man
unaufgeregtes Stimmengewirr hören
als wären keine Wahlen zu schlagen
und keine Gewinne einzufahren
spielfroh prallen Hände
gegen einen Volleyball
während ein paar Enten lange noch gefräßig
und frech ihre Runden drehen

langatmig dehnt sich der See in die Landschaft
und den Schwimmern schlagen
keine Wellen an die Schläfen.

Vorschule und Nachbereitung

Bereits auf der Fahrt zu meinem Schuldienst
habe ich die Gelegenheit
meine Allgemeinbildung zu erweitern
weil auf Kronehit ein Quiz gesendet wird
und der anrufende Hörer selbstverständlich weiß
wer sich herzförmige Brustwarzen zugelegt habe
Deutschlands berühmteste Nacktschnecke
die mir unbekannte Micaela Schaefer

nachdem ich in der einen Klasse die Ringparabel
und in der anderen das Wunschlose Unglück absolviert habe
wobei ich bei ersterem erschlaffende Blicke
und bei Letzterem ein Kopfschütteln
aus den letzten Reihen ernte

erfahre ich in der Barbara Karlich Show
dass die Pensionistin Andrea etwas
nur für sich machen habe lassen
weil sie keinen Mann mehr haben wolle
was aber 10 000 € gekostet habe
aber dafür hänge ihre Fratze jetzt nicht mehr.

.

Sommerbeginn

Die alten Männer sehen
den jungen Frauen auf die Spitzen
ihrer hohen Brüste   '

bevor sie zu ihren Liegen zurückgehen
um über Europa zu politisieren
und auch darüber dass ihnen
der Präsidentschaftskandidat zu alt sei.

Was Sache ist

Bevor ich zum Physiotherapeuten gehe
werde ich von einem Touristen
nach dem Bordell Pascha gefragt
obwohl ich nur ungenau Bescheid weiß
gelingt es mir nicht
einen Smalltalk abzuwürgen

er komme aus Hamburg erzählt der Mann
und tatsächlich könne man in Salzburg etwas erleben
nur das Wetter sei regnerisch usw.
er plaudert ohne mir das Gefühl zu nehmen
lediglich Auskunftsstation
vor seinem Salzburger Erlebnis gewesen zu sein

wie mich eben die blonde Verkäuferin
zuvor recht sachlich behandelte
als ich mir eine neuen Herrenhandtasche
besorgte und geflissentlich ignorierte
wie sehr mich ihr Haarblond und auch
ihr Hautweiß durchaus in ihren Bann zogen

später wird der Physiotherapeut
nachdem er meine Faszien ausgestrichen
und meine Gelenke manuell gedehnt hat
mich mit einem „Hat mich gefreut" verabschieden
was ich mit einem „mich auch" quittieren werde

aber auch mit ihm werde ich mich nicht
obwohl alles eingerenkt ist
am Abend zu einem Bier zusammenfinden.

Sommerflair

Zwar nur am Tag
allerdings Tag für Tag
höre ich nicht nur Rasenmäher
sondern Rasenkantenschneider
Vertikutierer oder Heckenschere

Geräte die angeblich
Gärten verschönern
abgesehen davon
dass sie Zeugnis geben
vom redlichen Garteneifer
ihrer Betreiber

ersteres misslingt jedenfalls
da der tagtägliche Lärm
von Rasenmäher Rasenkantenschneider
Vertikutiere oder Heckenschere
Ohren bedrängt
und jede schöne Aussicht
beschränkt.

Gleichnisse

Offenbar war er
mit einem Gesicht ausgestattet
das verschiedensten Schauspielern glich

so hatte vor Jahren
eine Reinigungsfrau darauf bestanden
er gliche aufs Haar Robert Redford
was sie allerdings zwei Jahre später
infolge altersbedingter Veränderungen
zurücknahm

ein Musikkollege hatte ihm einmal
Ähnlichkeiten mit David Bowie bescheinigt
und gefordert die Band möge ihm deshalb
den Leadgesang übertragen
was er aber seinen Zuhörern zuliebe
zurückwies

in einem noch späteren Lebensjahr
als er ein 30 Jahre altes Foto gepostet hatte
wurde ihm hundertprozentige Ähnlichkeit
mit William Defoe nachgesagt
was nur verjährten Bildern zugeschrieben war
und deshalb nicht zu dementieren war

zu seinem aktuellen Gesicht
fiel niemandem ein Gleichnis ein.

Recht

Als ein ausländischer Bursche
samt Freundin
eine gut gekleidete Dame
um Geld bittet
weil er keine Arbeit habe

antwortet sie
er möge sich beim Magistrat Wien
um Arbeit bewerben
die Straßen könne er kehren

dass die Stadt Wien
einen Aufnahmestopp verhängt hat
darüber schweigt
die gut gekleidete Dame

selbstgerecht.

Auf der Tauplitzalm tanken

Überall auf der Welt
werden Kraftorte beschildert
damit Menschen ohne Beurlaubung
unverzüglich Kraft tanken können

Laura aus dem Schwarzwald
und Frank aus dem Friesland
haben sich auf der Tauplitzalm
in einem zünftigen Wirtshaus
eingenistet

dort gratulieren sie den Gästen
zu einem Aufenthalt in traumhafter Natur
und verabreichen Energie pur
in wunderbarer Naturkulisse
selbst tagtäglich in wunderbare Bergluft
erhoben

denn wenn Laura und Frank
auf der Tauplitzalm Speck verkaufen
klingeln Kühe zauberhaft laut
vor beseligendem Ausblick
und machen Gusto
auf Kasnockn und Schnaps

ihr Sohn Anton Thomas
freue sich auf Spielgefährten

haben die Wirtsleute noch
auf ihrem Willkommensblatt
angemerkt was nachvollziehbar ist
da die norddeutsche Oma
bereits etwas entkräftet wirkt.

Genau

Nach der Niederlage
verkündet der Sportdirektor
man wüsste wohin es ginge
es ginge darum
den nächsten Schritt zu setzen

aber auch Lassaad Chabbi
der tunesische Trainer
des SV Ried ist voller Optimismus
da er – wie er mehrfach wiederholt-

ein positiver Typ sei.

Neuer Schwung für das Nationalteam

Toni Polster bringt sich als Teamchef
mit dem Argument ins Gespräch
er wüsste wie es gehe

außerdem sei er Rekordtorschütze
was nur richtig ist

wenn man Nina Burgers Tore
für die Nationalmannschaft
ignoriert.

Tüchtig

Immer übernimmt der Franz
vom Franz den Betrieb

aber natürlich erweitert
der junge Franz
den Betrieb vom alten Franz

damit der junge Franz
dann auch später immer
sagen kann

tüchtig der Franz
ja tüchtig der
Franz.

Oligarchie ausseerisch

Die schönen Villen am See
gehörten zunächst jüdischen Geschäftsleuten
die aber gar nicht neidisch waren
versichert die einheimische Führerin
sondern die die ansässige Bevölkerung
mitleben ließen
man brauchte ja Personal
dazumal gab es z.B. 43 Tennisplätze
und die Kinder durften Bälle einsammeln
während die Mütter Geschirr und Silber polierten

seit jeher gab es den Adel
die Hohenlohe und die von Eltz
oder die Hinrichsens
die großzügig Geld für den Ort
in die Hand nahmen
so entstand die Seepromenade

Ende der Dreißiger
natürlich die Arisierung
Gauleiter Kaltenbrunner
bezog eine der schönsten Villen
und auch andere Nazigrößen
nisteten sich in der Alpenfestung ein
im See und hinter Felsen
wurde Gold versteckt
das allerdings am Ende

des tausendjährigen Reiches
von den Einheimischen stillschweigend
für sich requiriert wurde.

In Calw

Vorbei an den Gedichten Hesses
die im Garten der Poesie
vom bedingungslosen Wunder
der Individuation
erzählen

rennen dunkelhäutige Kinder
die später Gestalten
und Gesichter ihrer Schwestern
unter Tüchern
vermummen.

Differenzierung

Als alles für den Trauergottesdienst besprochen war
fragte die Tochter des Jägers unvermittelt
wie denn der Pfarrer
seine Predigt anlegen wolle

woraufhin der Pfarrer
irritiert die Augen hob
weil nicht einmal die Pfarrerköchin
sich in seine Predigten einzumischen wagte

weil der Jäger nämlich immer gesagt habe
fuhr die Fragende fort
der Wald sei seine Kirche
was den Pfarrer wiederum

den Kopf senken ließ

und ihn leise Sehnsucht
nach seiner Köchin beschlich
die ihre Küche niemals
zur Kirche erheben würde.

ÜBERALL VERSPIELT

Forschungsergebnis

Als der Denker erwachsen war
wollte er herausfinden
ob der Mensch ein polygames
oder monogames Wesen sei

die Auskünfte darüber waren nämlich
durchwegs und ausschließlich
ideologisch

so lebte er die ersten 30 Jahre polygam
die zweiten 30 Jahre monogam
jeweils mit großem Vergnügen

als er sein 80. Lebensjahr vollendet hatte
wurde er von seinen Studenten gefragt
ob der Mensch ein polygames
oder monogames Wesen sei

meines Wissens
antwortete der alte Mann
ist die Antwort eine zweifache.

Frei machen

Die Arzthelferin fordert mich auf
meine Hose frei zu machen
was mich einigermaßen
irritiert zurücklässt
und ich beschließe
angesichts des Unmöglichen
Schuhe und Socken abzulegen

worüber der Arzt den Kopf schüttelt
weil er mein lädiertes Knie
ins Visier nehmen will

wovon er sich aber
ganz leicht abbringen lässt
als ich von einer neuerlichen Verletzung
eben dieses Knies erzähle

weil er die neue Faktenlage
sogleich für Verrechnung und Evaluierung
zu dokumentieren verpflichtet ist
und dabei beinahe vergisst
die vor einem Monat vereinbarte Injektion
mir ins Knie zu stoßen.

Aussichten

Als der Sechzigjährige seinem
Sohn gegenüber bedauerte
die Älteren würden aussortiert

dementierte dieser nicht

gab lediglich einer Ermutigung
zu einer positiven Sichtweise

werde man aussortiert
brauche man sich weder
eine Arbeit suchen
noch eine Frau gewinnen

und auch nicht
Kinder zeugen und großziehen.

On und off

Bevor sie heirateten
hatten sie eine On-Off-Beziehung

nach der Verehelichung
haben sie einen Vertrag
der die On-Beziehung garantiert

allerdings kommt es nicht selten
zum Game-Off und auch mitunter
zum On eines Outside-Games.

Zeitgemäße Relativierung

Bevor der Hund einen Hitzeschlag bekam
war er von seinem Herrchen
das wie jedermann
von Bildschirmarbeit gebannt war
vergessen worden

eine Mutter hat auch schon beim Einkaufen
ihr Kind im überhitzten Auto vergessen
mit Todesfolge
ein Vergehen zum Wahnsinnigwerden

da bedeutet es lediglich eine Lappalie
wenn Pokemon-go-Spieler
einen Krankenhausbetrieb stören.

Outlet-Kalauer

Ob blond ob braun
im Outlet Center
treffen sich alle Frauen

ob jung ob alt
die Kreditkarte
wird auf den Tisch geknallt

ob Katholenfrau oder Muslima
Gucci und Gabbana
animieren immer

ob bei Tag oder Nacht
mit Design und Dessous
wird Kapital gemacht

nur am Rand im Lokal
ist die Einrichtung kahl
und die Speisen schmecken schal

damit die Gäste weiterlaufen
sich in eins der 50 Markengeschäfte
verziehen und kaufen.

Entwesung

Es lag noch viel Wesen
in den Zimmern des Großvaters
durfte man vor hundert Jahren
noch formulieren

etwas länger noch
war das Wort Eigensinn
nicht nur bei Hesse
wesentlich

nun aber protzen Eliten
mit Standard und Kompetenz
und Rechner spucken
Zahlen über Entwestes
für beinahe Fühllose
aus.

Fatal

Ihre Beziehung
die in eine Ehe mündete
beruhte auf einem Missverständnis

als das Mädchen nämlich beim Kennenlernen
den Burschen gefragt hatte
ob er Kinder möge
hatte er zwei bis drei geantwortet

später gestand er ein
er hätte damit sagen wollen
nur zwei bis drei Kinder auf dieser Welt
wären ihm nicht widerlich.

Resultat

Die Didaktikerinnen
diskutieren stundenlang
mit welcher Methode
und zu welchem
frühestmöglichen Zeitpunkt
Kindern das Rechnen
beigebracht werden könne

die Herangewachsenen
werden tatsächlich richtig rechnen
und tatsächlich werden sie
von den Wechselfällen des Lebens
überrascht sein

bis sie schließlich
notgedrungen
Undenkbares ausdenken.

Der Gang

Es gehe um die Trefferquote
der Keim müsse gejagt werden
deshalb müsse die Klientin
möglichst zweimal am Tag
ein paar Löffelchen Stuhlprobe
in die Phiole einfüllen
verlangt die Laborassistentin

sie würde aber erwidert
die Neunzigjährige
eher harten Stuhl haben
und dementsprechend selten
Stuhlgang

mit Neunzig habe man
alles mitgemacht was natürlich
auch hart macht
gibt sich die Laborassistentin
einfühlsam

was ein Kavalier toppt
als er der beinahe
faltenlosen Dame
beim Mantelanziehen
am Gang zur Seite steht

unglaublich sinniert der Kavalier

nach dem Abgang der Dame
tatsächlich neunzig
während die Laborassistentin
etwas resigniert
vor der Karteikarte hockt.

Endzeit

Die lange Schlange
der zum Grab Tretenden
reißt nicht ab

so beginnen sich
die in der Kälte Harrenden
zuerst über die Bäume und
Tiere auf dem Friedhof
dann über ihre Alltage
auszutauschen

bevor man sich schließlich dem Dampf
über der Suppe in der angesagten Gaststube
mit ganzem Herzen zuwendet

da eben der Februarwind
noch kalt über die Grabsteine streicht

und man gewiss
seine Schuldigkeit getan hat

in der menschenmöglichen
Menschlichkeit.

Da und dort

Die Sklaven sind wieder
dunkelhäutig
sie sind aus Indien
oder Pakistan gekommen

manche aus Kalabrien
was in Europa läge
hätte der monetäre Wahnsinn
nicht alle Weltteile
vermischt

die Dunkelhäutigen
schleppen Stühle
für exquisite Soupers

auf denen die monetäre Elite
ihre Spekulationsgewinne
und Unterschlagungen feiert

und auf produktive Arbeit
spuckt.

Der Freund der Dichterinnen

Dem Literaturkritiker kommt kein Lachen
während der Lesung der Dichterin aus
selbst bei drastischen Pointen
beleidigt sein müdes Lächeln
als inszenierte Intellektualität

stattdessen presst er die Hand
gegen seinen Mund
den keine Lyrikerin
küssen würde
als wäre Lyrik
etwas Geklügeltes

später drückt er den Zeigefinger
auf seine Nase
als würde das sein Denken
beflügeln spreizt aber nur
seine Nasenflügel

seinen substanzlosen Kommentar
erbricht er schließlich
die Hand ans Kinn geschmiegt
statt sich in seine Gedankengänge
als Ganzer zu verkriechen

und so die Zuhörer
mit seinem Gedankenkrampf
zu verschonen.

Sonntagabend

Geduldig wartet die hübsche Frau
bis der junge Mann mit dem Druckstrahlreiniger
den dunklen Wagen
vom Wochenenddreck gereinigt hat

sie weiß
er wird später dann
im Wohlgefühl
frisch gebadet zu sein

zu ihr ins Bett steigen.

Sehr gerne

Ich glaube der freundlichen Kellnerin kaum
dass sie meiner Bestellung gerne nachkommt
schließlich ist Montag und alles verschlafen
aber auch nach meiner Eisbestellung versichert sie
mir gerne ein kleines Eis zu servieren
etwas bösartig bestelle ich
einen zusätzlichen Löffel für meine Frau
danach einen dritten für meinen Sohn
um erstaunt zu konstatieren
die junge wie hübsche Bedienerin
bleibt keine einziges Mal die Versicherung
all dies gern ja sogar sehr gern
zu erledigen schuldig

um ihre Glaubwürdigkeit unmäßig zu prüfen
ordere ich einen extra kleinen Espresso
mit zwei Tropfen Milch und einer Brise Schokoraspeln
was sie ohne die Miene zu verziehen
mit einem Außerordentlich-gerne quittiert

diese extraordinäre Gefälligkeit hat mich entkräftet
ich schleiche davon und bitte meine Frau zu zahlen
weil ich das Gerne beim Ersuchen um die Rechnung
nicht mehr verkraften würde auch wenn mir das Danke
bei der Trinkgeldzahlung wirklich einleuchtend erschiene.

Melancholia

Den Kern der Melancholie
beschwert die Tatsache
dass unser Planet früher oder später
mit einem anderen Planeten kollidiert

nach einem fatalen grell blitzenden Flash
verbleibt schwarzes Nichts

am Rande der Melancholie
bestärken Lichtgestalten Illusionen
und verwandeln selbst schwarzes Nichts
ins Blau einer wiederkehrenden Hoffnung

auf ewig währende Tonfolgen
die Poesie prägnanter Bilder
oder bewahrende Worte.

Leicht bitter

Bei früheren Firmenfesten fürchtete er
infolge strategischer Unachtsamkeit
sich am Tisch älterer Kollegen abgesetzt zu finden
und sinnentleerte Höflichkeiten austauschen zu müssen

diese Sorge verspürte er
seit er sechzig geworden war
nicht mehr

sie war ihm abhandengekommen
wie die Präsenz angeregt
parlierender Jüngerer am Tisch

zudem wurden seine Beiträge
bei Fachkonferenzen
sogleich mit Zustimmung bedacht

egal welche Position er einnahm
egal welche Inhalte er vorbrachte
sodass er auch ups ups hätte sagen können

man versuchte lediglich
längere Ausführungen seinerseits
mit höflichen Floskeln zu unterbinden.

Obligatorisch

Seit langem schon
wünschte er sich ein Gespräch
in dem er von der Frage
wie lange er noch hätte
verschont bliebe

es blieb ein unerfüllter Wunsch
und er war schon zufrieden
wenn die offensichtlich obligatorische Frage
nicht schon nach zwei Minuten
sich über ihn ergoss

wobei die Leute meinten
vorerst nur meinten
wann er denn
in Pension gehen dürfte.

Privatfernsehen

Perverser als der Mensch
ist das Fernsehen
und perverser als das Fernsehen
sind SAT 1 oder RTL 2

eine Castingshow versucht
die andere zu toppen
wobei an Widerlichkeit
nichts ausgelassen wird

wenn Naked Attraction
nackte Menschen bewertet
indem sie diese in Glaszylindern
von unten her enthüllt
Beine und Genitalien klassifiziert

und einem grausam klar gemacht wird
hässlicher als der Mensch
ist der Mensch im Privatfernsehen

wie vieles
was großes Geld
um jeden Preis
einbringen soll.

Nicht auszudenken

Der alte Mann
der mir Wein anbot
als ich mich
an seine Tochter lehnte
lebt lange nicht mehr

niemand denkt es aus

das Werden und Sterben

das wir so gerne
einem gütigen Gott
ans Herz
legen würden

sichtbar nur
der Leberkrebs
der ihn von der Hausterrasse
ins Dunkel kippte

niemand denkt es aus

auch seine Frau
inzwischen seit Jahren

schon vergangen.

Nicht protokolliert

Entfernen Sie
aus unserem Mitarbeiterkontingent
200 Köpfe

für diese Leistung
erhalten Sie
20 000 Euro
pro Kopf.

Verneigung

Die Augen die meinten
niemals zu ermatten
der Bauch der sich anmutete
Unmengen und selbst Ungenießbares
in sich zu verdauen
die Knie die sich anmaßten
mit gelenker Geschmeidigkeit
jede Hürde immer wieder
zu überspringen

sie alle neigen sich
vor der Last der Jahrzehnte.

Narzissmus kontra Höflichkeit

Die Schriftstellerinnen und Schriftsteller
denen nichts Bemerkenswertes eingefallen ist
überziehen bei Lesungen oft
bemerkenswert ihren Zeitrahmen

als würden sie auf ein Wunder hoffen
dass nämlich aus Nichtssagendem
plötzlich etwas Gehaltvolles
hervorspringe

schlimmer noch als diese ignoranten Literaten
sind diejenigen die beim Publikum nachfragen
ob ein weiterer Text zumutbar wäre

worauf noch niemals
ein ehrliches Nein erfolgt ist
sondern eine höfliche Ermunterung
zu weiteren Zumutungen
und einer alle quälenden Redundanz.

Wenn

Wenn die Alten immer wieder
die alten Geschichten erzählen
und die Jungen ihnen ausweichen
lediglich Weggefährten für ihre Zukunft
kontaktieren

macht das die Welt kühl

wenn die Jungen vermehrt
Geschichten für Nonsens erachten
und die Alten durch ihre
baufälligen Häuser schleichen
weil sie keinem der Mysterien
dieses Daseins trotz vieler Lebensjahre
auf die Schliche gekommen sind

ist das bitter.

Vor dem Blätterfall

Plötzlich legt sich
Sommerhitze
mitten in den September

die Parkplätze an den Strandbädern
sind noch einmal überfüllt
auch wenn bereits da und dort
Zerkarien das Schwimmen verunmöglichen

Lehrer und Schüler
wälzen bereits Schulisches vor sich her
Bauarbeiter mühen sich
ihre Rohbauten winterfest zu bekommen

am Abend und am Morgen
keimen Reisewünsche
und selbst die Alten wagen
sich ins Licht

um im Taumel der Männchen und Weibchen
nicht nur an den Rand gestellt zu sein.

Später August

Katzen liegen abends
auf dem warmen Stein

Segelboote vollführen Wenden
Regatten strömen über den See

Gewitter sind erst
für fernere Tage prognostiziert

die Bedienungen in den Gaststätten
sehnen den September herbei

aber noch süß die Sonnen-Frucht
und das Atemholen des Jahres.

Erinnerung

Man traf den alten Mann
immer wieder in der Siedlung
auf der Straße
und wurde von ihm
freundlich angesprochen
nach vollzogenem Gruß
gab er einen Witz zum Besten

so wie auch die ältere Dame
aus dem Kloster an der Bahn
die einem in den Weg trat
um einen völlig harmlosen
Tier-Witz zu erzählen

als würde das Leben
vor dem Ableben
zum Witz.

Vita

Ich dachte noch
es sei Probe
dabei war das bereits
mein ganzes Leben
gewesen.

Überraschung

Als er endlich
gelernt hatte
allein zu sein
stellte er fest
dass er
allein war.

SPIEL IN DER FERNE

Dominant

Beim Übertritt an der Schweizer Grenze
fallen zunächst die unzähligen Wanderer auf
die an jeder Station in den Zug einsteigen
um beim nächsten Berg wieder auszusteigen
es gilt die wunderbaren Schweizer Alpen zu besteigen
die nicht erst seit dem Heidi-Film eine Top-Marke sind

sodann besticht die Vielzahl an Einfamilienhäuschen
die allesamt nicht zu hoch gebaut sind
neben den kleinen Häuschen noch kleinere Gartenhäuschen
wegen der extraordinären Naturliebe der Schweizer

die Kirchtürme ragen zumeist spitz in den Himmel
wie eben die spitzen "Pize"
und werden nicht nur von einem Kreuz
sondern auch von einem Schweizer Kreuz
auf der weltweit häufigsten Flagge geziert.

Novitá

Entströmt einer geliebten Stadt
wie eben einer Geliebten
berückender Duft und vertrauter Geruch
fragte er sich

als er vor dem Naiadenbrunnen
Aprilluft einatmete und verkostete
und ein wenig Niesel aus den
Föntänen nicht nur mit dem Gesicht
auffing sondern auch schluckte

was ihm vor Jahren nur Farbenspiel
in Ocker Orange und Braun gewesen war
wurde ihm nun zum Atem
der bella cittá.

Später Spaziergang

Wege winden sich
über die Hügel
auch nachdem das Korn
geerntet ist

nur selten noch
müht sich eine Erntemaschine
über die steilen Hänge

ich verlangsame
meinen Weg
an der Sonne.

Wirtlich

Lili singt
I'm so excited
sie singt es wöchentlich
freitags und samstags
da nämlich wird geheiratet
konzertiert oder zumindest Party gemacht

wenn Lili um drei Uhr
oder vier Uhr morgens
mithilft Mikrofonkabel aufzurollen
und die Verstärker
in den Bandbus zu heben
träumt sie davon
Latein- oder Mathematik-
Lehrerin geworden zu sein

sie wäre dann ein Gast der Party gewesen
läge mit ihrem Mann bereits im Bett
und würde am nächsten Abend
oder einen Tag später
Vokabeltests und Lernzielkontrollen
zusammenstellen oder überprüfen

und Eltern wie Schüler
wären angetan
von der jungen Lehrerin
die davon träumen würde

auf einer Bühne in einem angesagten Club
mit einem kräftigen I´m so excited
den Partyraum und die Welt zu füllen.

Aeroport

Die auf den weit gestreckten
Gängen des Airports Ausschreitenden
zielen auf maximale Gewinnausschüttung ab

die in Glasquadern ausgestellten Luxuskarossen
vermögen ihre kalkulierten Masken offensichtlich
nicht zu animieren

genauso wenig wie die Flut an aktualisierten Daten
welche diese Eliten aus IPhones Tablets und Laptops
unentwegt bespülen

eingefrorene Fratzen verschließen sich
konzentriert der verarmenden Masse
deren Gewalt sich vor dem Airport
oder in fernen Ländern ausbreitet

so bleiben die Ausschreitenden
in eleganter Verödung
befangen.

Für sechs Millionen Euro

Exklusiv für den Owner
ist die Verspiegelung
aus dem Schlafzimmer
ins Bad optional
je nach seiner Laune
die seinem wohlhabenden
Leib zugelegten Damen
bei ihrer Körperpflege
zu bespitzeln

weniger optional
sind die schmalen Kojen
mit den schmalen Stockbetten
für die Crew

Platz sei eben Mangelware
auf einer Luxusjacht
erklärt der Konstrukteur
zudem mache das Sondermodell
44 Knoten
exklusiv für den Owner.

Südwärts

Dann stehen Pinien
entlang der Autobahn

und es sind nicht
die mächtigen Pinienschirme

die einem durch die Zugfenster leuchten
bevor man in der Stazione Termini ankommt

aber zumindest Grün und Blau
des voll Wärme flirrenden

Italiens.

Der Lauf

Die litauische Präsidentin Dalia Grybauskaite
ist sichtlich angetan vom moosgrünen Gewehrlauf
des getarnten NATO-Soldaten den sie mit einem
verkniffenen Auge und schwarzbehandschuht
befingert wobei sie grinst als wäre die Berührung
lustfördernd was höchstens dem struppigen Aussehen
des mit wildem Gras getarnten Scharfschützen
aber keineswegs dem staatstragenden Aufputz
der Präsidentin mit schwarzem Hut und Persianer
entspräche

und von der deutschen Verteidigungsministerin
etwas skeptisch in Augenschein genommen wird
weil sie in ihrem grauen Mäntelchen und
blond nach hinten gekämmtem Haar weiß
was Anstand ist.

Präsident dabei

Peter Schröcksnadel ist nicht überglücklich
obwohl Österreich nicht ganz leer
bei der Olympiade ausgeht

er kritisiert
es gäbe Athleten
die nicht alles gegeben hätten

was man vom Präsidenten selbst
nicht behaupten kann
er hat zur Feier der Bronzemedaille
nämlich die Lederhose angezogen

was zwar seinen Bauch hervortreten lässt
aber Teamgeist beweist.

Fortschreitend

Als er das Hotel verließ
befiel ihn das unangenehme Gefühl
etwas vergessen zu haben
ein Gefühl das ihn
nur selten täuschte

er sah an sich hinab
um sicher zu gehen
dass es nicht die Hose sei

gab aber bald die Fehlersuche auf

weil er dieses Gefühl des Abhandenseins
einem beginnenden
Sich-selbst-vergessen-Haben
zuschrieb.

Meditation

Als er ins siebente Jahrzehnt
seines Lebens hinüberglitt
und vor einem Film über die Mönchsrepublik Athos
sich der Bedeutung seines fortgeschrittenen Lebens
bewusst zu werden versuchte

fasste er den Beschluss
von nun an seine Werktätigkeit zu reduzieren
um ergiebiger die in den Himmel
sich streckenden Baum-Arme
und auch die schönen Gestalten
junger wie alter Frauen
mit angemessenem Staunen
bewundern zu können

wogegen die Mönche
vor dem absehbaren Filmriss betonten
Anstrengung in den Bergen
reinige die Seele

so blieb der Weg zu Gott
auch im Kino ein
schwebendes Paradox.

Meer-Blick

Und unversehens war die Weite des Meeres
ihm kein Versprechen der Unendlichkeit mehr
eher ein Rückblick auf vergangene Sommer
als seine Sehnsucht sich noch erwartungsvoll
ins Blau gestreckt hatte

mit der Rückschau öffnete sich zart
eine Hoffnung auf Heilung dessen
was schmerzt und unerfüllt bleibt

und eine Hoffnung

nach dem Verfall des Sichtbaren
verbliebe nicht nur Abgestorbenes

sondern ein Mehr an Wirklichkeit
als es die Erinnerung der Hinterbliebenen
in ihren Beschönigungen
erdichten vermöchte.

Promenade

In den Westen bin ich gekommen
um mir eine goldene Nase zu verdienen

nun habe ich mir
eine goldene Tasche gekauft
die zwar glänzt

aber inhaltslos ist.

Geselligkeit Hofbräuhaus

Der alte Mann
der allein an seinem Biertisch sitzt

und laut vor sich hin plaudert

ist derjenige an den
sonst gut besetzten Tischen

der nicht in sein Handy hinein
kommuniziert.

Lustige Reiserouten

Frau Maria fährt gerne nach Bayern
dort macht sie trotz oder wegen
ihrer Korpulenz ihren Aufriss

Herr Franz fährt gerne nach Ungarn
dort gilt er trotz oder wegen
seiner Wampe als wohlhabend
und die Frauen stellen ihm nach

Gernot Rumpler aber fährt nach Rio zur Olympiade
Vater Büchsenmacher Großvater Oberförster
er selbst Heeressportler und strahlt
mit dem Glanz seiner kleinkalibrigen Geschosse
um die Wette

Amina und Fatima fahren nicht weit
zu den Ruinen des zerstörten Gazastreifens
um einige Pokémon Monster einzufangen.

Ausflugsziel

Antwerpen am Nachmittag im Sonnenlicht
und auf den Boulevards der städtische Einkaufswahnsinn
vor dem ich mich in ein sonniges Eck ducke

Brügge später im Abendlicht
ein Auf und Ab des Touristenwahnsinns
vor dem ich mich in ein Café berge

erst an der Neige zur Nacht
dehnt sich das Licht
über die Beguinenhöfe

grün und birkenweiß.

IM LIEBESSPIEL

The spirit of love

Während du dein
weinrotes Abendkleid
angezogen hast

und mit deinem Mann
telefoniert hast

habe ich dir
den Rückenverschluss
hochgezogen

und es war keine Sünde
als ich dir nach dem Tanz
das weinrote Kleid
abgestreift habe

und mich an deinen Brüsten
vollgetrunken habe

mit Liebesspirit.

Magnolien

In der schönen Stadt
treffe ich dich
in der Mitte
blühender Magnolienbäume

umringt von Touristen
im Glück aus Rosa und Weiß
dieser Begegnung

nur genießen sagst du
am Abend mit Freundinnen

kein Schritt mündet
in unsere Umarmung
denke ich
in die Jahre gekommen

und sehe hinab
an deinem langen
dunklen Kleid

bis zu deinen
nackten Zehen.

Weder noch

Ich habe Tango gelernt
um am Tiber im Sommer zu tanzen

ich habe Swing Dance trainiert
um im Juli an der Spree
übers Parkett zu grooven

weder Rom noch Berlin
habe ich seither wieder
im Sommerlicht erspürt

dir bleibt ja noch deine Jazzgitarre
tröstet die Dreißigjährige
bevor sie zum nächsten Event eilt

und ich mir ein Buch kaufe.

Vorsatz und Nachsatz

Manch einer
hat seine Sexualität
auf dem Altar der Beziehung
anstandshalber geopfert

ich habe das nicht getan
bin aber fortan gewillt
nicht mehr zu sündigen
wie man einst sagte

es sein denn
warm flutendes Licht
und ein Augenblick.

Neunzigjährig

Der alte Dichter hat sich seine schmalen
Sommerschuhe über die geschwollenen
Füße gezogen und fällt
dem Festredner ins Wort
mit seinem Dichter-Wort
das Gewicht hat

sein Reden wächst an
erhebt sich machtvoller von Stunde zu Stunde

und als ich ihm dem Aufstehenden
den Weg zu später Stunde freigebe
meint er nicht einen Toilettengang
wie mein Kleingeist vermutet hat

nein er nimmt die hübsche Nachbarin
mit in einen Tanz und wird sie
nach beschwingten Drehungen
auf den Mund küssen

nachdem er Luft geschöpft
und die Augen weit geöffnet hat
für diesen vielleicht
letzten Tanz.

Er

Onanie sei wenigstens
Sex mit jemandem
den man liebe
meint Woody Allen

mit dieser Sentenz
versucht der Mann
sich beim Onanieren
nicht zu schämen.

Spätlese

Die Süße deines Fleisches
habe ich eingesogen
bevor der Schatten der Zeit
unsere Haut befiel

als wäre unsere Liebe
wie bluesige Langspielplatten
aus unseren Studentenzimmern

wieder und wieder abspielbar.

Unvermittelt

Nicht ohne Stolz
hatte die Dichterin davon erzählt
wie sie und ihr Geliebter in der Bretagne
eine Woche lang das Bett
kaum für die eine oder andere
Mahlzeit verlassen hätten

und sie habe keine Scham empfunden
sich mit Fünfzig Schönheitskorrekturen
zu unterziehen um den Sommer
der Leibesliebe und ihrer Tänze
zu prolongieren

trotzdem wurden die Blumen
von einem Tag auf den anderen
welk und nur im Panoramablick
zeigten die Heiden der Bretagne
Glanz
die Dichterin
stellte ihre Publikationen ein

wenige Tage nur verblieben
bevor der Winter endgültig
das Leben stilllegen würde.

Hochsommer

Im Augenblick
wird ihr Fleisch weich
und umfließt ihn
wie ein Mantel aus Seide

bevor draußen im Sand
wieder gelbgrüne Schirme
im Wind flattern

und rote Fahnen
zur Achtsamkeit mahnen.

Noch zwei Jahre

Dann müssen Sie doch
die letzten Berufsjahre genießen
sagt die Mutter
von einem meiner Schüler

und ich rieche an
ihren frisch gewaschenen
Haaren

als sie beim Hinausgehen
an mir vorbeistreift.

Gelbstich

Als das Fest in der Villa
zu Ende gegangen war blieben
nicht nur die Freundinnen
der schönen Hausfrau

auch drei der Männer
machten keine Anstalten zu gehen
sie warteten geduldig
bis die Abwasch und das Aufräumen erledigt waren
und sich die Freundinnen verabschiedet hatten

sie harrten geduldig aus in ihrem Kampf
als Letzter geblieben zu sein
und zu hoffen die Schöne des Hauses
würde die Tür vor ihrem Hinausgehen
absperren

der Sommer hatte eine Pause eingelegt
die Abendsonne stach grellgelb
auf die kühlen Wände
der Gehöfte ein.

Glaswand

Wunderbar vereinigten sie sich
in der schönen Stadt im tiefen Süden
bevor sie ihn vergaß
nachdem sie in den gläsernen Kubus
der Duschvorrichtung gestiegen war
und sich selbstvergessen eingeseift hatte

viele Jahre erinnerte sie
sich an ihn nur in seltenen Augenblicken
obwohl sie oft am Bettrand sitzend
ihre samtene Haut
eine Unendlichkeit lang
wie damals eincremte

eines Spätnachmittags aber
fiel ein warmes Licht
sehnsuchtsvoll auf diese
Stunde des süßen
Stillstands.

Zuletzt

Die Liebe ist
nie ungetrübt

schreibe ich
am Ende

und dennoch
nicht zu vergessen.

ÜBER DEN AUTOR

Peter Reutterer stammt aus dem Waldviertel, lebt in Bergheim bei Salzburg als Autor und Kulturvermittler.
Veröffentlichungen seit 1987, verschiedene Auszeichnungen, u.a. das Landesstipendium Salzburg sowie mehrere Rom- und Berlinstipendien.

Buchpublikationen:

"Forsthaus". Kurzprosa. Bibliothek der Provinz, 1997
"Lokalaugenschein". Kurzprosa. Bibliothek der Provinz, 1998
„Movies". Lyrik. edition aramo, 2002
"Der Filmgänger". Eine Erzählung. Bibliothek der Provinz, 2002
„Silbercolt und Silbersee". Jugendroman. edition nove, Jänner 2007
„Schräglage". Satiren. Bibliothek der Provinz, Herbst 2007
„Gegenlicht". Eine Kriminalerzählung. Arovell, 2008
„Siesta mit Magdalena". Novella. Arovell, 2010
„Augen.Blicke". Gesammelte Gedichte. Tandem, 2010
„Auf den Punkt". Gedichte mit Geschichten. Arovell, 2012
„Unter dem Himmel und in Berlin". Gedichte mit Geschichten.
Arovell, 2014
„Am Thaysstrom". Kriminalsatire. Bibliothek der Provinz, 2014
„Worldwide und auf der anderen Seite". Gedichte mit Geschichten.
Arovell, 2016

Zahlreiche Publikationen in Anthologien und Zeitschriften

INHALT

ÜBERALL VERSPIELT

SPIEL IN DER FERNE